Jorge Luis
Borges

La rosa profunda

深沉的玫瑰

〔阿根廷〕豪尔赫·路易斯·博尔赫斯 著

王永年 译

上海译文出版社

目 录

序　　言

　　激发诗人灵感的缪斯的浪漫主义是古典诗人信奉的理论；诗歌作为智力活动的古典理论，是一位浪漫主义诗人埃德加·爱伦·坡在一八四六年前后提出来的。这一事实相当矛盾。除了个别孤立的、从梦中得到灵感的例子——比德提到的牧人之梦，柯尔律治的著名的梦——之外，两种理论显然都有其真实的成分，只不过分属诗歌进程的不同阶段而已（至于缪斯这个词，我们应该理解为希伯来人和弥尔顿所说的"灵魂"和我们可悲的神话称之为"下意识"的东西）。就我个人而言，那一进程多少是不变的。我首先看到一个仿佛是远处岛屿似的形式，后来演绎成一个短篇小说或者一首诗。我看到的是结尾和开头，而不是中间部分。如果吉星高照，这一部分逐渐明朗。我不止一次在暗中摸索，有时不得不从原路退回。我尽可能地少去干预作品的演变。我不希望作品被自己的见解所左右，我们的见解是最微不足道的东西。加工订货的艺术是天真的想法，因为谁都不知道执行的结果如何。吉卜林承认作家可以构思一则寓言，但不可能深入它的寓意。作家忠于的应该是他的想象，而不是一个假设"现实"的短暂的情景。

文学从诗歌出发，也许要经过几百年之后才能辨明散文的可能性。盎格鲁－撒克逊人历时四百年才留下一些值得赞扬的诗歌和勉强称得上是清晰的散文。语言本是魔法的符号，后来遭到时间的变本加厉的耗损。诗人的使命就是恢复——即使是部分恢复——它原来具有、如今已经泯没的优点。诗歌的任务有二：一是传达精确的事实，二是像近在咫尺的大海一样给我们实际的触动。有维吉尔的诗句为证：

悲从中来，泫然泪下。

还有梅瑞狄斯的诗句：

炉火逐渐熄灭之际，

我们才探索和星辰的联系。

或者卢贡内斯的这句亚历山大体诗，他的西班牙语颇有拉丁古风：

芸芸众生，饱经忧患沧桑。

这些诗句在记忆中继续着它们变化不定的道路。

我多年从事文学，但没有什么美学原则。我们已经受到习惯的自然限制，何必再添加理论的限制呢？理论好像政治或宗教信仰一样，无非是因人而异的刺激。惠特曼写的诗不用韵脚，自有他的道理；换了雨果，这种情况就难以想象了。

我读校样时，不太愉快地发现这个集子里有一些我平时没有的为失明而怨天尤人的情绪。失明是封闭状态，但也是解放，是有利于创作的孤寂，是钥匙和代数学。

豪·路·博尔赫斯

一九七五年六月，布宜诺斯艾利斯

我

颅骨、隐秘的心、

看不见的血的道路、

梦的隧道、普洛透斯、

脏腑、后颈、骨架。

我就是这些东西。难以置信，

我也是一把剑的回忆，

是弥散成金黄的孤寂的夕阳、

阴影和空虚的缅想。

我是从港口看船头的人；

我是时间耗损的有限的书本，

有限的插图；

我是羡慕死者的人。

更奇怪的是我成了

在屋子里雕砌文字的人。

宇　宙　起　源

不是混沌，不是黑暗。

黑暗需要眼睛才能看见，

声音和寂静需要耳朵分辨，

镜子要形象充斥才能反映。

不是空间，不是时间。

甚至不是预先考虑一切的神，

是他设置了第一个

无限夜晚之前的万籁俱寂。

不可捉摸的赫拉克利特的长河，

它神秘的过程没有让

过去流向未来，

遗忘流向遗忘。

有的苦恼。有的恳求。

现在。宇宙的历史之后。

梦

午夜的钟特别慷慨，

给了充裕的时间，

我比尤利西斯的水手们航行得更远，

驶向梦的境界，

超越人类记忆的彼岸。

我在那里撷取的一鳞半爪，

连我自己也难以理解：

形态简单的草叶，

异乎寻常的动物，

与死者的对话，

实为面具的脸庞。

远古文字的语句，

和白天听到的无法相比，

有时候引起巨大的恐惧。

我将是众人，或许谁也不是，

我将是另一个人而不自知，

那人瞅着另一个梦——我的不眠。

含着淡泊的微笑凝目审视。

勃朗宁决意成为诗人

在伦敦这些红砖墙的迷宫里面，

我发现我作出的选择

是人们最奇特的行业，

除非所有的行业都有它的奇特。

正如炼金术士

从游移不定的水银里

寻找点铁成金的哲人石，

我努力使普通的字句

——赌棍做了暗记的纸牌、百姓的钱币——

产生魔法似的效应，

正如托尔的神灵和轰响，

雷电和祈祷。

我要用今天的语言

道出永恒的事物；

努力不辜负

拜伦的伟大回声。

我生自尘土，归为尘土。

假如有个女人和我分享爱情，

我的诗句将直上九重天庭；

假如有个女人蔑视我的爱情，

我将把我的悲哀化为音乐，

一直回响在时间的长河。

后半辈子我将努力忘掉自己。

我将成为自己看不清的面庞，

成为接受神圣使命、

充当叛徒的犹大，

成为泥沼里的卡利班[1]，

1　莎士比亚悲剧《暴风雨》中的人物，是魔鬼和女巫所生的畸形儿子、普罗斯彼罗的奴隶。勃朗宁在《岛上的自然神学》一诗里表达了卡利班对上帝和宇宙的粗浅认识。

我将像雇佣兵那样死去，

既无畏惧，又无信仰，

成为波利克拉特斯 [1]，

惊恐地看到命运归还的指环，

我将成为恨我的朋友。

波斯人将给我夜莺，罗马给我宝剑。

面具、痛苦、复活，

拆散和编织我的命运，

有朝一日我将成为罗伯特·勃朗宁。

---

1 Polycrates（活动时期为公元前 6 世纪），古希腊爱琴海萨摩斯岛暴君，在位
四十年事事遂心，为了避免天忌，他把最珍贵的指环投入海中，但在渔人进
贡的鱼腹里发现那枚指环，预感到上天不接受他的祭献，厄运即将降临。公
元前 522 年，奥隆特斯攻占萨摩斯岛，他被钉在十字架上。

清　单

要搭一张梯子才能上去。梯子缺了一档。

阁楼里堆满了杂物，

我们能找到什么？

一股潮味。

夕辉从熨衣室透进。

天花板的横梁很低，地板已经朽坏。

谁都不敢下脚。

有一张散了架的行军床。

一些没用的工具。

死去的人用过的轮椅。

灯具的底座。

巴拉圭吊床，流苏残缺不全。

鞍具和文件。

阿帕里西奥·萨拉维亚[1]参谋部的一张图片。

一个老式的烧炭熨斗。

停摆的挂钟，钟摆损坏。

镀金剥落的镜框，衬布不知去向。

一个硬纸板棋盘，棋子不全。

只剩两条腿的火盆。

一个皮箱。

一本发霉的《殉道书》，

作者是福克斯[2]，用花体字印刷。

一帧不知谁人的照片。

一张虎皮，毛板斑秃。

不知开哪扇门的一把钥匙。

---

1 Aparicio Saravia (1856—1904)，乌拉圭将军、政治家，1897—1904 年间民族革命领袖之一。
2 John Foxe (1516—1587)，英国殉教史学者，用拉丁文撰写了英国宗教迫害史和宗教改革家传记，自己译成英文，1563 年出版，书名《最近这些灾难日子里的行传与丰碑》，俗称《殉道书》。

楼里堆满了杂物，

我们能找到什么？

我树起这块碑，纪念遗忘和遗忘的事物，

和杂物混在一起，肯定不及青铜持久。

野　牛

庞然大物，咄咄逼人，无法辨认，

暗红的毛色像刚熄灭不久的火烬，

它在不知疲倦的荒山野岭

横空出世，峃然独行。

它昂起披着钢毛的颈背。

在这头古代公牛的愠怒里，

我看到了西部的印第安族

和阿尔塔米拉[1]的被遗忘的人。

我想野牛没有人类的时间概念，

记忆是它虚幻的镜子。

它的进展史易变而徒然，

时间同它毫无干系。

不受时间限制，不可计数，等于零，

它是最后也是第一头野牛。

1　西班牙北部桑坦德市西的一处洞穴，以保留有优美的史前绘画与雕刻而闻名
　　于世。洞窟内鲜艳的红、黑、紫三色壁画画的主要是野牛，形象逼真生动。

自 杀 者

夜晚的星辰将会一颗不剩。

夜晚本身也将消失踪影。

我将离开人间，

整个无法忍受的世界与我同行。

我将抹掉金字塔、勋章、

大陆和面庞。

我将抹掉过去的积淀。

我将使历史灰飞烟灭，尘埃落定。

我瞅着最后的落日。

听到最后的鸟鸣。

我什么也没有留给后人。

夜　莺

维吉尔和波斯诗人笔下的夜莺，

你充满神话的歌声，

在昼夜不息的浩渺的莱茵河

或者英格兰的哪个隐秘的夜晚

传到我无知的耳畔，

消失在我的漫漫长夜中间？

我也许从未听到过你歌唱，

但是你我的生活相系，不可分离。

你在一本谜语书里

象征流浪的精灵。

水手管你叫作森林里的塞壬[1]，

你在朱丽叶的夜晚、

在复杂的拉丁篇章、

在犹太和日耳曼

另一个夜莺的松林里歌唱，

那是喜欢嘲笑的、激情和悲哀的海涅。

济慈总是把你的歌声传达给世人。

世界各地的人们

替你起了种种美丽的名字，

没有一个不和你的音乐相称，夜莺。

波斯人在梦中听到你，

为你心醉神迷。

你把胸口紧贴在刺上，

流尽最后的鲜血，

染红了你对之歌唱的玫瑰[2]。

1　Siren，希腊神话中人身鸟足的女妖，住在地中海小岛上，常以美妙的歌声引
　诱航海者触礁毁灭。
2　英国唯美主义作家王尔德的《快乐王子集》里有一篇童话，写的是诗人要找
　一枝红玫瑰送给他心爱的姑娘，但夏日已尽，花园里只剩白玫瑰，夜莺为了
　成人之美，把胸口紧贴在玫瑰刺上，用自己的鲜血染红了玫瑰。

我在空濛的下午不懈地仿效，

沙漠和海洋的夜莺，

你在记忆、兴奋和童话里

在爱情中燃烧，在歌声中死去。

我 这 个 人

徒劳的观察者在默默的镜子里

注视着自己的映像，

或者兄弟的身躯（反正一样），

我知道自己的徒劳不亚于他。

沉默的朋友，我这个人知道，

无论什么报复或宽恕

都比不上遗忘更有效。一位神道

给了人类消除憎恨的奇特诀窍。

我这个人尽管浪迹天涯，

却没有辨明时间的迷宫，

简单而又错综，艰辛而又不同，

个人和众人的迷宫。

我这个人什么都不是，不是战斗的剑。

我只是回声、遗忘、空虚。

小 诗 两 首[*]

埃·爱伦·坡

我梦过的梦。深井和钟摆。
芸芸众生中的人。利热亚 ¹······
但还有这另一个人。

间　　谍

在众目睽睽的战斗中，
别的人为祖国献出生命，
大理石碑记载着他们的姓名。

我在我憎恨的城市里隐姓埋名

我言不由衷。

背弃了自己的荣誉，

出卖把我当成朋友的人，

我收买人们的良知，

对祖国的名字表示厌恶，

甘心忍受遗臭万年的骂名。

西蒙·卡瓦哈尔

一八九〇年前后，在安特洛一带，

我父亲同他有过接触，也许交谈过，

言语不多，说了些什么已经忘记。

他只给人一个印象：

黧黑的左手背

有兽爪留下的伤疤。

牧场上各有各的工作：

一个是驯马师，另一个赶牲口，

他是个套马的好手，

西蒙·卡瓦哈尔是猎虎人。

假如有虎掠夺牲畜栏，

或者听到它在黑暗里吼叫，

卡瓦哈尔便上山搜寻。

他带着刀子和犬群。

终于在密林中同虎遭遇。

他嗾使猎犬上前。

黄色毛皮的猛兽朝人扑来。

他把斗篷缠在左前臂，

充当护盾和诱饵。

猛兽暴露出白色的肚腹。

感到钢刀插进它身体直至死亡。

致命的决斗无有穷期。

杀死的总是那个不朽的猛兽。

它的命运也是我的命运，

只不过我们的虎不断改变形状

有时叫憎，有时叫爱，或者意外。

不　可　知

月亮不知道她的恬静皎洁，

甚至不知道自己是月亮；

沙砾不了解自己是沙砾。

任何事物都不了解它独特的模样。

象牙的棋子和摆弄它们的手，

和抽象的棋艺都毫无关系。

人们欢少悲多的命运

也许是冥冥中某个主宰的工具，

这些事我们不得而知；

把他叫作上帝并不解决问题，

恐惧、疑虑和有头无尾的祈祷，

都是白费气力，徒劳无益。

哪一张弓射出我这支箭？

目标又是哪一座高山之巅？

布鲁南堡，公元九三七年 *

你身边空无一人。

昨晚我在战斗中杀了一个人。

他勇敢高大，显然有安拉夫的血统。

钢剑刺进胸口，稍稍偏左。

他颓然倒地，成了吃食，

乌鸦的吃食。

你再也等不到他了，我未曾见过的女人。

在黄色的洋面上，

逃逸的船只没有带上他。

黎明时分，

你在梦中伸手找他。

你的床铺寒冷。

昨晚我在布鲁南堡杀了一个人。

* 韦塞克斯的国王们战胜了爱尔兰的安拉夫（奥拉夫）率领的苏格兰、丹麦和
   不列颠联军，这首诗是一个撒克逊人的自白，其中有丁尼生翻译过的、极为
   出色的颂歌的韵味。——原注

失 明 的 人

我瞅着镜子里的那张脸时，

不知道瞅着我的是谁的脸；

我不知道谁是那反映出来的老人，

带着早已疲惫的愠怒，默不作声。

我在幽暗中用手摸索

我不可见的容貌。一个闪念。

我隐隐约约看到了你的头发：

灰白的、甚至仍带金黄色的头发。

我再说一遍：我失去的只是

事物虚假的表象。

给我安慰的是弥尔顿，是勇敢，

我仍想着玫瑰和语言，

我想如果我能看到自己的脸，

在这个奇异的下午我也许会知道自己是谁。

一九七二年

我担心未来（已趋于消逝）

会是一条深邃的甬道，

两边尽是模糊、无用、衰败的镜子，

重复着虚幻的映像，

在入梦前的昏暗中，

我祈求我不知名的神灵，

在我有生之年给我一些人或事的启示。

他们做到了。给我的是祖国。

我的先辈为了祖国遭到长期放逐，

忍受贫困、饥饿，仍坚持战斗，

如今壮丽的冒险又在面前。

我不是我曾用诗句歌颂的那些

万古流芳的保护的阴影。

我已失明。年届七旬；

我不是东岸的弗朗西斯科·博尔赫斯，

他胸部受了两处枪伤，

躺在恶臭的野战医院，

在呻吟的伤病员中间死去，

但是今天遭到亵渎的祖国

希望我用语法学者的秃笔，

摆脱琐碎的学院气息，

代替剑的事业，

汇集轰轰烈烈的英雄业绩，

取得我的一席地位。我正在这么做。

挽　　歌 [*]

三张十分古老的脸庞使我难以入眠：

一张是同克劳狄谈话的俄刻阿诺斯 [1]

另一张是暴戾恣睢的北海神，

每天黎明和黄昏胡乱地挥舞着钢剑，

第三张是死亡，它的别名是

不分昼夜地咬啮着我的时间。

千百年历史的沉重包袱

仿佛是个人的过错，

压得我喘不过气。

我想着那艘高傲的船

把丹麦王朝的始祖

许尔德的遗骸送归大海；

我想着高大的狼，它用蛇做缰绳，

把英俊的死去的神的白色

给了那条焚毁的船；

我想着横行大洋的海盗，

他们的血肉之躯

在海洋的重压下化为齑粉；

我想着航海者

漂流北方时望见的坟墓。

我想着我自己完美的死亡，

没有骨灰瓮，没有眼泪。

---

* 许尔德是丹麦国王，英国史诗《贝奥武甫》的开场白叙说了许尔德的海葬。
　英俊的死去的神指巴德尔，北欧埃达传说叙说了他的梦兆和结局。——原注

1 Oceanus，希腊神话中的海神。

我们的全部往日 [*]

我想知道我的过去属于谁。

我是他们中间的哪一个?

是那个写过一些拉丁六韵步诗句

已被岁月抹去的日内瓦少年?

是那个在父亲的书房里

寻找地图的精确曲度

和凶猛的虎豹形状,

耽于幻想的孩子?

还是那个推开房门的孩子?

屋里一个人即将死去,

孩子在大白天

吻了那人临终的脸。

我是那些今非昔比的人，

我是黄昏时分那些迷惘的人。

流放者（一九七七年）

有人走在伊萨卡[1]的小路上，

对他的国王已经毫无印象，

国王在特洛伊征战多年；

有人想着继承的田地、

儿子和新铸的犁，

也许感到心满意足。

我，尤利西斯，在世界尽头，

我下过冥王的宫殿，见过底比斯人

提瑞西阿斯[2]的鬼魂，

他解脱了蛇对赫拉克勒斯[3]的纠缠，

赫拉克勒斯在草原上杀了狮子的幽灵，

同时又在诸神居住的奥林匹斯山。

今天有人在玻利瓦尔和智利，

可能很幸福，也可能不。

谁能告诉我就是他。

1　希腊神话中奥德修斯（罗马神话中称为尤利西斯）的家乡。

2　Tiresias，希腊神话中的底比斯人，无意中看到雅典娜女神沐浴，雅典娜一怒
　　之下用水泼瞎了他的眼睛，又后悔自己的孟浪，便给了他听懂鸟语和占卜的
　　本领，以及一根帮助他认路的拐杖。

3　Hercules，由希腊神话中宙斯和安菲特律翁之妻阿尔墨涅所生。出生时，宙
　　斯的妻子赫拉出于忌妒，派两条毒蛇去害他，不料被他掐死。赫拉克勒斯少
　　年时在客戎山上牧羊，杀死过一头狮子，剥下狮子皮当衣服。

为纪念安赫利卡而作

这个不幸而渺小的死亡

会带走多少可能的生命!

命运会把多少可能的生命

付诸记忆或者遗忘!

我辞世时,消亡的只是过去;

这朵花在无知流水中飘零,

随之破灭的是未来,

星辰摧毁的不可限量的未来。

我和她一样会死于

命运没有为我安排的无数结局;

我的阴魂始终正视着祖国,

将寻找祖国陈旧的神话。

一方朴素的大理石保留她的纪念，

历史在我们前面延伸，毫无顾念。

镜　　子

你为什么坚持，永不停息的镜子？
你为什么重复，神秘的兄弟，
我的手的最细微的动作？
为什么在暗处突然反射？
你是希腊哲人所说的另一个我，
一向在暗中监视。
在光滑的水面或坚实的玻璃上
你寻找着我，即使失明也难躲。
我看不见你，但知道你存在，
这件事增添了我对你的恐惧，
你居然成倍增加那些构成并且包括

我们的事物的数目，这事未免离奇。

你死去时将会复制另一个，

然后是另一个，另一个，另一个……

我 的 书

我的书（它们不知道有我这个人）

是我不可分割的一部分，如同这张脸

有着灰白鬓发和灰色的眼，

我在镜子里徒劳地寻找，

只能用手触摸。

我想到那些书页里

有些表达我思想的基本词句，

甚至是我自己写的，

它们却不知道我是谁，

想到这里不免有点伤心。

这样也许更好。死者的声音

将永远向我诉说。

护　身　符

一部斯诺里的冰岛《埃达》，丹麦印刷的初版本[1]。

五卷叔本华的著作。

两卷查普曼[2]翻译的《奥德赛》。

一把曾经转战沙漠的宝剑。

我曾祖父从利马带回的马黛茶罐，底座有盘绕的蛇形装饰。

一个水晶三棱镜。

几帧褪色的银版照片。

塞西莉亚·因赫涅罗斯给我的一个木制地球仪，

　　　那原是她父亲的东西。

一根曲柄手杖，曾伴我走遍美洲平原，

　　　哥伦比亚和得克萨斯。

几个装证书的金属圆筒。

一套博士袍和博士帽。

萨阿韦德拉·法哈多[3]的皮面精装的《从政之道》，

　　带着皮子的气味。

一个早晨的回忆。

维吉尔和弗罗斯特的诗句。

马塞多尼奥·费尔南德斯的声音。

几个人的爱或者对话。

这一切肯定都是护身符，但不能抵御我不知名的黑暗，

　　我不知名的黑暗。

1　布林约尔夫·斯韦恩松 1643 年发现的旧《埃达》，或称诗体《埃达》；一是新
　　《埃达》，或称散文《埃达》，由冰岛诗人斯诺里·斯图鲁松在 13 世纪初期写
　　成，是旧《埃达》的诠释性著作。
2　George Chapman（1559—1634），英国诗人、学者，从 1598 年起翻译荷马
　　史诗，历时二十余年方完成，根据伊丽莎白女王时代的观点作了增添，甚至
　　改写，译文得到兰姆、柯尔律治等人的赞扬。
3　Diego de Saavedra Fajardo（1584—1648），西班牙外交家、作家，作品有历
　　史学论著《从政之道，或基督教君主的理想》等。

目　击　者

那人在梦中看到了巨人，

正是在布列塔尼梦见的情景，

他决心干一番英雄事业，

两腿一夹，马刺猛踢洛西南特 [1]。

灰不溜秋的人朝前冲去，

风车翼吱呀作声随风转动，

瘦马翻滚倒地；长枪断成两截，

成了无用的废物。

全身披挂的人躺在地上动弹不得；

邻居的孩子见他落马，

却不知道冒险的结局，

也不知道命运将带他去西印度国。

他消失在另一个平原的远处，

据说那只是风车的一个梦。

---

1 堂吉诃德坐骑的名字，在西班牙文中意为"瘦马"。

梦　　魇

梦深处仍是梦。我每夜都希望消失

在为我洗尽白日的阴暗的水中，

但是在我们溶入虚无之前，

在那些纯净的水下面，

委琐的惊异在灰色的时刻搏动。

可能是一面镜子映出我变了样的面孔，

可能是一座有增无已的牢笼般的迷宫。

可能是一个花园。但始终是梦魇。

那种恐怖不是人间所有。不可名状的东西

从神话和云雾缭绕的昨日向我袭来；

可憎的形象留在眼底，迟迟不去，

侮辱了黑暗，也侮辱了不眠之夜。

当我的肉体静止、灵魂孤寂的时候，

我身上为什么绽开这朵荒唐的玫瑰？

东　　方

维吉尔用手摩挲

图案精致、色彩绚丽、

清新如水的织物，

骆驼商队经过遥远的时间和沙漠

把它运到维吉尔所在的罗马。

它将在农事诗句中长期传诵。

今天的丝绸。他以前从未见过。

一天傍晚，罗马法官下令，

把一个犹太人钉上十字架，

犹太人手脚被黑钉子穿透，溘然死去，

但是地球上世世代代的人们

不会忘记流血、祈祷

和小山冈上三个最后的人。

我知道有一本神奇的书，

用六道虚实相间的线条组成六十四爻，

占卜我们清醒和睡梦的命运。

多么奇妙的消磨时间的创造！

我知道恒河和东方以远的地区，

鞑靼王管辖的流沙河和金鱼，

还有把瞬间、回声、狂喜

凝固在几个音节里的俳句；

我知道那个黄铜瓶里

禁锢的一缕烟的妖魔，

以及他在黑暗中作出的许诺。

啊，蕴藏着不可思议的事物的心灵！

首先看到星辰的迦勒底。

首先看到葡萄牙大船的果阿。

我知道克莱武 [1] 的胜利以及后来的自杀。

1　Robert Clive（1725—1774），英国将军，用各种手段使印度和孟加拉沦为英国殖民地，1767 年回英国后遭到猛烈指责，自杀身亡。

吉姆和他的喇嘛朋友

始终探索拯救他们的道路。

茶的清香，檀香的馥郁。

科尔多瓦和阿克萨的清真寺，

还有老虎，像晚香玉一样精致。

这就是我的东方。是我的花园，

对你的回忆使我透不过气。

白　鹿

我今天清晨梦见的白鹿

来自苍翠英国的哪个乡村民谣，

来自哪本波斯书的插图，

和我们往昔夜晚白日的神秘区域？

只有一秒钟的工夫。我见它穿过草原，

消失在虚幻的金黄色的下午。

轻灵的生物，只有一个侧面的鹿，

构成它的是些许记忆，些许遗忘。

支配这个奇特世界的神灵，

让我梦见你，但不容我成为你的主人；

在遥远未来的一个拐角，

我或许会再梦见你，梦中的白鹿。

我也是一个转瞬即逝的梦，

比梦中的草原和白鹿多几天时间。

永久的玫瑰*

致苏莎娜·邦巴尔

伊斯兰历五百年，

波斯从寺院的尖塔上

眺望来自沙漠的长枪的侵犯，

内沙布尔的阿塔尔[1]瞅着一朵玫瑰，

仿佛在沉思，而不是祷告，

他默不出声地对玫瑰说：

——我手里是你的模糊的球体。

时间使我们两个都衰老，并不知道

今天下午，我们在这个败落的花园里。

你在空气中轻灵湿润。

你一阵阵的芳香

向我衰老的面庞升腾，

那个孩子在梦中的画面里

或者早晨在这个花园里隐约看见你，

但是我比他远就感知你的存在。

你的颜色可能像阳光那么洁白，

或者像月亮那么金灿，

像胜利的剑那么橙黄坚实。

我是盲人，什么都不知道，但我预见到

道路不止一条。每一件事物

同时又是无数事物。

你是上帝展示在我失明的眼睛前的音乐、

天穹、宫殿、江河、天使、

深沉的玫瑰，隐秘而没有穷期。

---

* 标题原文为英文。

1　Farīd od-Dīn Aṭṭàr（约1142—约1220），波斯神秘主义诗人。

图书在版编目（CIP）数据

深沉的玫瑰 /（阿根廷）博尔赫斯（Borges, J. L.）著；
王永年译. —上海：上海译文出版社，2016.8（2025.3 重印）
（博尔赫斯全集）
ISBN 978-7-5327-7122-6

Ⅰ. ①深…　Ⅱ. ①博…　②王…　Ⅲ. ①诗集-
阿根廷-现代　Ⅳ. ①I783.25

中国版本图书馆CIP数据核字（2015）第 278721 号

JORGE LUIS BORGES
La rosa profunda

图字：09-2010-605号

本书由上海市新闻出版专项资金资助出版

深沉的玫瑰	JORGE LUIS BORGES	出版统筹　赵武平
	豪尔赫·路易斯·博尔赫斯　著	责任编辑　缪伶超
La rosa profunda	王永年　译	装帧设计　陆智昌

上海译文出版社有限公司出版、发行
网址：www. yiwen. com. cn
201101　上海市闵行区号景路159弄B座
上海信老印刷厂印刷

开本 850×1168　1/32　印张 2　插页 2　字数 8,000
2016年8月第1版　2025年3月第14次印刷

ISBN 978-7-5327-7122-6
定价：38.00元